Rita
agus an Dragún

Le Máire Zepf

Andrew Whitson a mhaisigh

Seo í

Rita.

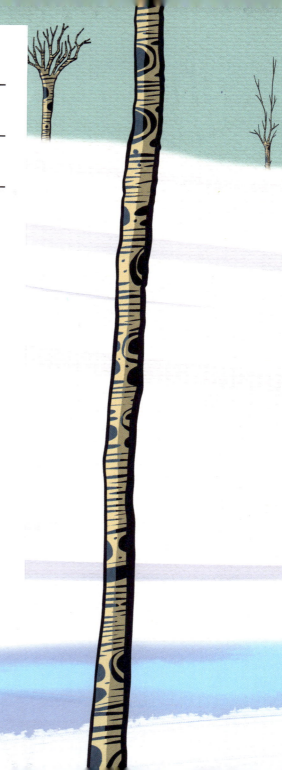

COMHAIRLE CHONTAE ÁTHA CLIATH THEAS
SOUTH DUBLIN COUNTY LIBRARIES

CLONDALKIN BRANCH LIBRARY
TO RENEW ANY ITEM TEL: 459 3315
OR ONLINE AT www.southdublinlibraries.ie

Items should be returned on or before the last date below. Fines, as displayed in the Library, will be charged on overdue items.

Do Sam agus do Miriam, le grá
MZ
Do Sheán agus do Mháire, le grá
AW

Tá an tSnáthaid Mhór buíoch d'Fhoras na Gaeilge (Clár na Leabhar Gaeilge) as tacaíocht airgeadais a chur ar fáil.

Tá an tSnáthaid Mhór buíoch de Chomhairle Ealaíon Thuaisceart Éireann as tacaíocht airgeadais a chur ar fáil.

ISBN: 978-0-9934745-7-6

An tSnáthaid Mhór
Cultúrlann McAdam Ó Fiaich
216 Bóthar na bhFál
An Cheathrú Ghaeltachta
Béal Feirste
BT12 6AH

www.antsnathaidmhor.com

Tá Rita crosta.

Mar tá **GACH RUD** mícheart.

Ba mhaith le Rita dragún.

Bíonn dragún crosta,
cosúil le Rita.

a deir dragún,
chomh torannach
le toirneach.

Scaoileann sé
lasracha as a bhéal
go feargach te.

Greadann dragún eireaball is cos,
ag cur an domhain ar crith.

Is nuair a bheadh siad
tuirseach ag búireach,

ag scaoileadh lasracha
agus ag greadadh cos,

thiocfadh leo eitilt...

i bhfad i gcéin...

go dtí áit dheas chiúin dá gcuid féin.

Agus thaispeánfadh Rita dá dragún an dóigh le hanálú go mall fionnuar, gan tine ar bith.

Ní scaoilfeadh a dragún
lasracha níos mó,

ach amháin lasair bheag
bhídeach ó am go chéile.

Dhéanfadh siad comhrá
faoi na rudaí a tharla.

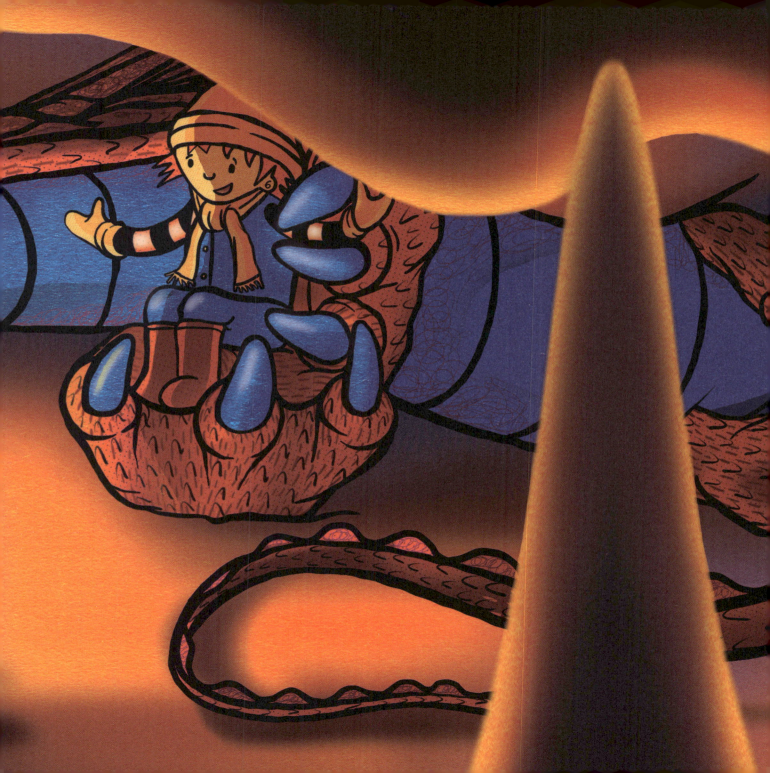

Neadódh siad síos go sábháilte teolaí

is mhairfeadh go sona
sásta as sin amach.